L'autre fille

孩子不幸，是因为他们轻信。

——弗兰纳里·奥康纳[1]

---

1 弗兰纳里·奥康纳（1925—1964），美国小说家、评论家，美
  国文学的重要代言人。

另一个女孩

[法]安妮·埃尔诺 著

胡小跃 译

北京联合出版公司
Beijing United Publishing Co.,Ltd.

只 为 优 质 阅 读

好
读

媒体评论

埃尔诺"以勇气和临床医生般的敏锐揭示出个人记忆的根源、隔阂和集体约束",她"始终如一地从不同角度审视在性别、语言和阶层方面存在巨大差异的生活"。

——瑞典学院诺贝尔文学奖评委会

安妮·埃尔诺是新自传文学的女王。

——《时代周刊》

自20世纪70年代以来，安妮·埃尔诺在法国文学圣殿中占据了一个特殊的位置，因为她不仅有能力挖掘个人的记忆，而且有能力展示它们与集体经验的微妙互动方式……现在，英语读者也开始追捧。

——《纽约时报》

法国当代著名作家埃尔诺，对她的羞耻感进行了很好的挖掘。她的写作中没有歇斯底里，也没有矫揉造作；她准确地处理她的个人历史，从不感情用事……对作家来说，重新审视痛苦时期不是什么新领域，但埃尔诺从这种做法中提炼出一种特殊的力量。正如她所说的，"关于羞耻的记忆比任何其他记忆都更加细致，更加让我不知所措。这种记忆是羞耻的特殊馈赠"。

——《纽约时报书评》

《另一个女孩》是一本痛苦可怕的小书。因为我们很难想象这是多么艰难，一场亲密的悲剧会让人心烦意乱，同时又是那么脆弱和强大，一个十几岁的女孩发现她对缺席的人既没有仇恨，也没有温柔和感情。

——《星期天报》

安妮·埃尔诺通过她在每一本书中用文字重新创造的存在（她或其他人），在一部作品中重塑了自己，从各种角度拷问自己在世界上所扮演的角色，也以辛辣的方式拷问我们，拷问我们自身与这个世界。

——《新观察家》

《另一个女孩》不是痛苦的练习，也不是悲伤之书，它远离各种粗制滥造和陈词滥调，仔细研究把安妮·埃尔诺和那个陌生儿童联系起来的奇特关系。一种由爱、秘密、悔恨和缺席所组成的关系。

——《人道主义报》

对安妮·埃尔诺来说，还有比文字更重要的东西吗？这项工作要求细心准确，精雕细刻，反复琢磨，直至思想与句子达到完全一致。写作就是用准确的故事代替模糊的经历，在空白中挖掘，让内容喷薄而出。《另一个女孩》写给一个逝去的女孩，读者却是这些活着的人们。

——《文学杂志》

《另一个女孩》是一本痛苦而可怕的小书。很难想象，固执地把悲剧封闭在内心，有多么残酷；同样也很难想象，一个少女发现自己对那个死去的人既没有恨，也没有爱，没有任何情感，这该是多么脆弱又是多么坚强。"又或者，隐约有些害怕。怕你报复"。

——法国龚古尔文学奖评委会前主席贝纳尔·皮沃

在这个短小、浓缩，有时又让人不安的故事中，安妮·埃尔诺不允许自己有任何同情，丝毫不掩饰自己内心的不安，她灵巧而细腻地评估内心的地震范围有多大。对于逝者，她一点都不温柔（但试图让其"复活"），表达了面对那个"姐姐"的不适。姐姐的名字到了小说三分之二的地方才出现，还是某个表姐透露的，说得很不情不愿。她用朴素、严肃、极优雅的风格，勾勒了那个逝者的轮廓和她与躺在地下紧挨着父母的姐姐之间不可逾越的距离。

——《十字报》

35年来，安妮·埃尔诺都在讲述自己，讲述她自己、她父母、她的情人们，她的岁月……大家都以为已经了解这位女作者，这位自传体写作大师的一切。但是现在，在家庭拼版中，又出现了已经去世的姐姐。1950年8月的一天晚上，由于一场"被偷听"的谈话，她好像突然闯进了安妮·埃尔诺的生活。10岁的安妮·埃尔诺从来没有跟父母说起过，但从此却追逐着那个被天花夺走生命的6岁小女孩"不祥"的影子。她能活着是因为姐姐死了？她父母提倡只生一个孩子？怎么还清这笔债？写作？在这封细腻、准确、智慧地写给一个不存在的人的信中，安妮·埃尔诺这样问自己。

——《快报》

目录

另一个女孩

译后记

另一个女孩

这是一张乌黑色的照片，椭圆形的，贴在一个发黄的硬本子上。照片上有个婴儿，身体的大部分都坐在带齿形花边的坐垫上。坐垫有好几个，重叠在一起。她穿着一件绣花衬衣，只有一条系带，很宽，上面打了一个大大的结，几乎挂在肩后，像一朵硕大的鲜花，又像一只巨大的蝴蝶翅膀。婴儿瘦瘦的，脸被照片拉得很长，分开的双腿向前伸，一直碰到了桌边，高高的前额垂着褐色的鬈发。她圆睁双眼，死盯着你，仿佛要吃了你似的。这个婴儿像玩具娃娃般张开双臂，似乎在动。简直要跳起来。照片的下方，有摄影师的签名——"里代尔先生，摄于利勒博纳[1]"——小本子的封面左上角也有签名，姓名首字母龙飞凤舞。本子已经裂开一半，封面脏极了。

小时候，我还以为——别人一定这样对我说过——那就是我。可那并不是我，而是你。

不过，我也有一张同一个摄影师拍的照片。我坐在同一张桌子上，褐色的头发也是鬈鬈的。但我看起来很胖，眼睛深陷在圆圆的脸中，一只手放在双腿间。我已经记不清当时看到这两张迥异的照片是否感到震惊。

快到万圣节的时候，我去伊夫托[2]的公墓给两座坟墓献菊花，父母的坟墓和你的坟墓。一年年过去，我忘了坟墓在什么地方，但我以那个高高的十字架为参照物，它很白很白，从中央小道一眼就能

1　法国诺曼底大区滨海塞纳省小镇。
2　法国诺曼底小镇。

看到。它矗立在你的坟墓上，就在他们的坟墓旁边。我在每座坟墓上放一束颜色不同的菊花，有时在你的坟墓上放一盆欧石楠。我把花盆埋在石板下方专门挖出来的花坛里。

我不知道人们在坟墓前是否会浮想联翩。我在父母的坟前逗留了一会儿，好像在对他们说："我来了。"告诉他们这一年我的经历，我做了什么，写了什么，想写什么。然后，我走到右边你的墓前，看着墓碑，每次都会读一读上面的金色大字。那些字亮晶晶的，是20世纪90年代的时候粗糙地覆盖在原先的字上面的。原来的字没这么大，现在已经看不清了。做墓碑的石工擅作主张，把碑上原有的字铲去一半，姓名底下只留下这句话，当然是因为他觉得这句话最重要："1938年圣周四去世"。第一次去给你扫墓时，让我吃惊的也是这句话。好像刻在墓碑上的这行字证明，你是上帝的宠儿，你是神圣的。我来扫墓25年了，从来没有跟你说过一句话。

根据身份登记信息，你是我姐姐。我们同姓，我"婚前"姓迪歇纳。在父母那破烂得不成样子的户口本上，我们俩一上一下地出现在"婚生子女出生与死亡"一栏上。你在上面，有利勒博纳（滨海塞纳省）市政厅的两个印章；我只有一个——我的死亡情况将填写到另一个官方户籍簿上，它证明我出生在某个家庭，姓改了。

但你不是我姐姐，从来不是。我们没有一起玩耍过，吃过饭，睡过觉。我从来没有碰过你，拥抱过你。我不知道你的眼睛是什么颜色的，我从来没有见过你。你没有身体，没有声音，只是若干张黑白照片上的一个平面图像。我想不起有你这么一个人。我出生的时候，你已经死了两年半。你是上天的孩子，是看不见的小女孩，从来没有人提起过你，大家谈话都避开你。你是一个秘密。

你已经永远死了，在我10岁那年的夏天，你死着进入了我的生活。你在一个故事中出生和死亡，就像《飘》[1]中斯嘉丽和白瑞德的小女儿邦妮。

那一幕发生在1950年的暑假。那是表姐妹们从早到晚一起疯玩的最后一个夏天，邻居的几个女孩和一些来伊沃托度假的城里人也加入了我们的行列。我们扮演商人和成年人，在父母的商店后院，在院子里搭建的许多小屋里用瓶架、纸板和旧衣物给自己造房子。我们站在跷跷板上轮流唱歌："皮埃尔老师你们家那边天气很好""我的紧身带和我的长裙"，就像在参加电台听众评选赛[2]。我们逃出去摘桑葚。家长们禁止男孩跟我们玩，理由是他们老是玩粗鲁的游戏。到了晚上分手时，我们个个都脏得像泥猴。我洗洗胳膊和大腿，很高兴第二天又

1 又译《乱世佳人》，美国作家玛格丽特·米切尔的长篇小说，1937年获得普利策文学奖。
2 原文crochet在法文中的意思是"小钩"。在业余歌手比赛中，听众对自己不喜欢的歌手往往大喊这个词，所以现在有时用它来指代"公众评选赛"。

能重来。一年后，女孩们全都将四散而去，或者生了气。我感到很烦闷，只好看书。

我想继续写那年暑假，让它慢些离去。把那个故事写出来，就是与模糊的过去一刀两断，就像动手冲洗在柜子里保存了60年、从未冲洗过的照相底片一样。

那是一个星期天的傍晚。故事始于一条狭窄的小路，那条路沿父母的杂货店兼咖啡店的后院延伸，叫作学校路。之所以这样叫，是因20世纪初，种着玫瑰花和大丽花的小花园旁，曾有一家私人幼儿园。墙边安装了高高的铁栅栏，墙脚杂草丛生。墙对面，是一道又高又密的篱笆。不知道从什么时候开始，母亲就常跟一个来自勒阿弗尔[1]的年轻女人

1　法国北部港口城市。

聊个没完。那个女人是带着她4岁的小女儿来公公婆婆家，也就是S.夫妇家度假的。S.夫妇的家离学校路十来米远。母亲也许是从商店里走出来继续跟这个女顾客聊天的。在那个季节，商店是永远不关门的。我在她们旁边跟那个小女孩玩，她叫米瑞伊。我们跑啊，追啊，想抓住对方。我不知道我是怎么警觉起来的，也许是因为母亲的声音突然低了下来。我开始听她说话，听着听着好像都喘不过气来了。

我无法重述她讲的故事，只是，故事的内容和她说的话穿越了那么多年，直到今天仍好像在我耳边回响。它们瞬间影响了我的整个童年生活，就像一团没有声音也不热的火，但我继续在她旁边跳来跳去，围着她转，低着头，免得引起任何怀疑。

（现在，我觉得她的那些话撕破了一个朦胧地带，一下子攫住了我。结束了！）

她说，除了我之外，她和丈夫还有一个女儿，战前在利勒博纳死于白喉，当时才6岁。她描述了那个女儿喉部的皮肤[1]及窒息状况，说："她像个小仙女一样死了。"

她复述你临死之前对她说的话："我要去看望圣母玛利亚和仁慈的耶稣了。"

她说她丈夫从热罗姆港的石油提炼厂下班回来时，发现你死了，"他都快疯了"。

她说"这跟失去伴侣不一样"。

她说我"对此一无所知，我们不想让她伤心"。

最后，她说你"比那个人更可爱"。

那个人，指的是我。

当时那一幕，跟照片一样留在我心里，都没有变。我还看见那两个女人在马路上分别所站的准确位置。我母亲穿着白色的罩衫，不时地用手帕擦眼

---

1 白喉的典型症状是扁桃体或伤口处出现白色的"假膜"。

泪。那年轻女人的身材比一般顾客要漂亮，她穿着浅色的裙子，头发往后梳，绾成一个低矮的发髻，椭圆形的脸非常温柔（记忆在所遇到的众多人群中随机抓取，然后像打牌那样把同样的花牌配成对子，但我现在把她与鲁昂附近伊玛尔夏令营的一个女校长混淆了。1959年，我曾在那里当辅导员。她的图腾是蚂蚁[1]，老穿着白色和米色的衣服）。

首先，一种有形的幻觉向我证实了那个情景的真实性，我"感到"自己紧紧地围绕着那两个女人跑来跑去，"看到"学校路上80年代才用来铺沥青马路的燧石，"看到"了斜坡、栅栏和逐渐减弱的光线，好像必须吞掉世界上所有的背景才能支撑即将来临的东西。

我无法准确地说出那个夏日的星期天具体是几

1　参照作者的另一本书《一个女孩的记忆》。书中写到在夏令营里，大家都选一个动物作为图腾，用来称呼营员们。

号，但我可以肯定的是在8月。25年前，我在读帕韦泽[1]的《日记》时，发现他已经于1950年8月27日在都灵的一家旅馆房间内自杀。我赶紧核实，发现那天刚好是星期天。从此，我就认为是同一天。

我一年年远离它，但这是一个幻觉。在你我之间没有时间相隔。有些词永远没有变化。

"可爱"。我好像已经知道这个词不会用在我的身上。根据我的行为，父母平时是用这些词来形容我的："胆大妄为""臭美""贪吃""无所不知小姐""令人讨厌""你着魔了"。但他们的指责对我影响不大，反而让我确信他们是爱我的，他们无微不至地关心我，不时地送我礼物，这些都是证明。独女，被宠坏了，因为只有一个孩子，总是

---

1 切萨雷·帕韦泽（1908—1950），意大利诗人、小说家、文学评论家和翻译家，主要作品有《月亮与篝火》，1950年因对现实感到厌恶与失望而自杀身亡。

在班上轻而易举地拿第一。总之，我感到自己有权成为现在这个样子。

"可爱"。在上帝眼里，我也并不可爱，正如7岁那年，我第一次忏悔时，B神父向我断然指出的那样。当时，我承认了"独自和与他人一道有过不良行为"，等于今天正常的性觉醒。他说，那些行为正让我走向地狱。后来有一天，寄宿学校的女校长也向我证明了这一点。她用明亮的眼睛斜睨了我一眼，说："哪怕在班上门门功课都满分，也不一定能让上帝高兴。"我对宗教那套东西不怎么感兴趣。我不信教，但没有人觉察到——当我在教堂里跪在红色的亮光前，女校长对我耳语要我"向仁慈的上帝祈祷"时，我顽固地保持沉默。那种命令我觉得很幼稚，与大权在握的母亲身份不符。

"可爱"，也意味着亲热，爱抚，"亲切"。在诺曼底，人们就常常用这些词来形容孩子和狗。我跟成年人保持距离，喜欢观察他们，听他们说话，而不是拥抱他们，所以他们认为我不可爱。但对他们两人来说，我敢肯定我是可爱的，甚至比别的孩子更可爱。

60年后，我还不断地遇到这个词，不停地想弄清它于你、于他们而言是什么意思。那时，它的意思马上就跳出来了，瞬间改变了我的地位。在他们和我之间，现在有了你，别人虽然看不见你，但你被挚爱，而我被排斥，被推开了，以便让位给你。我被推到阴影里，你则在永恒的光芒中高高地翱翔；我一直认为自己是独生女，不存在相互比较的兄弟姐妹，而你出现了。如此情况，如何用词语表达，如何区分、排除？更多/更少，或者/和，之前/之后，存在或者不存在，生或者死。

在母亲和我之间，只有两个字。我让她为此付出了代价。我写作，反对她。为了她。替她写，自豪而受辱的女工。"更可爱"。我在想，她是否没有给我可爱的权利，甚至命令我不准可爱。那个星期天，我并没有学习恶劣的言行，是它自己附在我身上的。听到这个故事的那天就是最后的审判之日。

22岁那年，我在饭桌前跟他们吵了一架之后，在日记中写道："为什么我总想作恶，因此总是感到痛苦？"

童年时期发生的事情都难以形容。我不知道自己内心的感觉，但我并不伤心。应该是类似"被骗"这样的形容词，但这个词与我很多年后阅读波伏瓦的书有关，我觉得它很不真实，没有分量，不可能压在童年的我身上。寻找了很久之后，我终于找到了最准确的、毫无疑问的词，那就是"愚弄"。我成了通常意义上的受骗者，自尊被伤害的人。我原来一直生活在幻觉中。我并不是独生女。另一个女儿从乌有中出现了。这么说，我曾以为自己得到的爱，全都是假的。

我好像也和你说过你要去见圣母和仁慈的耶稣的话。这些话显出了我的低下，因为我从未说过这样的话，我不想见上帝。后来，长大之后，我恨的是她，恨得咬牙切齿，因为她让你相信了那种无稽之谈。现在，我已经不气愤了，我接受了这种看法：弥留之际，任何安慰、祈祷、圣曲都是有价值的。你走的时候是幸福的，我更愿意这样想。

据我的表姐G说，应该是另一个表姐C在一两年前向我透露你的存在和死亡的。第一个告诉我这件我浑然不知的事情，我想她一定很得意。正如我想起来的那样，她也是第一个告诉我性秘密的人。她比我大3岁，这方面知道得比我多。但我一点都记不起来了。假期里单调的阳光照着那一刻，失落的那一刻。也许我不愿意相信你的存在，宁愿你不存在。

（我给你写这些文字是想让你复活？还是想让你再死一次？）

我想，那年夏天的下午你也许已经在那里。我把时间安放在听到那个故事的一两年前。当时，我在花园里写东西，讲述一个小女孩在农场里度假时，意外地被"维劳特"[1]窒息了。在科地区[2]，维劳特指的是收获以后竖立在田间的麦垛。我把写出来的东西给父亲看了，他在咖啡店里当着客人的面对我的才能大加赞赏——有些夸张，我觉得。我也让她看了，但记不清她是怎么评价的了。

你依然在这个醒来的梦中。这个梦，我持续做了5到10年：我和 J 躺在一张挂着玫瑰色帐子的婴儿床上，J 是1944年躲避到利勒博纳的一个勒阿弗尔小女孩，是我在公园里最好的玩伴。我跟她每年夏天在双方父母都参加的盛宴上激动地重逢一次。我看见我们俩在婴儿床上紧挨着，就像两个睁开眼睛的布娃娃。一幅极乐图（1986年写我母亲时，我将它称之为"玫瑰梦"，但它后来并没有出现在书中，

---

1 法语原文为villotte，系法国科地区方言。
2 法国诺曼底东北地区。

因为当时我还不肯定要赋予它什么意思。怀念同母异父的状态？这意思太老套了）。

当然，你一定在我周围徘徊，你虽然缺席，却一直在我身边，在那压低的说话声中，在我降临世界的头几年，在讲给其他妇女听的某些故事中，在店里或公园的长凳上。战争期间，当商店里缺货或没有客人时，她每天下午都会带我去公园。但那些人没有在我脑海中留下任何痕迹。他们一直没有形象，没有语言。

只有那个故事独自留在我的记忆中。我不该听到的故事，那不是讲给我听的，而是讲给那个漂亮的年轻女人听的。不幸的故事本身就很可怕，那个女人也许听得津津有味。唯一真实的故事，用的是她自己的语言和声音。她的声音很"权威"，因为当时她"在场"，因为她是夫妻两人中强大的一方——那天我明白了这一点——她将承受另一个人的死亡。一个完结了的故事，彻底结束了，不可改变。它让你像圣女，像利雪的圣·特蕾萨[1]一样生和死，后者的巨幅照片装在玻璃框里，高高地挂在房间的墙上。这个独一无二的故事——绝不会再有这样的故事——为我开创了一个世界。在那里，你以死亡和圣女的方式而存在。这个故事道明了真相，却把我排除在外。

仔细一想，我又不明白了：她明知我在场，因为是她让我待在那里的，为什么却又不管不顾地提起你？精神分析学的解释往往很吸引人：我母亲可能在无意识中灵光一闪，找到了一个办法，向我透露你来过世上这一秘密。这个故事可能是专门讲给我听的 。她并不懂什么心理。在50年代，成年人都把我们这些孩子当作聋子，在我们面前，什么都可

---

1 利雪的圣·特蕾萨（1873—1897），加美乐修女，被称为"耶稣的小花"，15岁加入利雪女修会，24岁去世后自传出版，在很多国家引起轰动，1925年被封为圣徒。

以说，不用担心后果。除了性方面的事情，那是不能明说的。这一点，我敢肯定，因为我后来经常听到这类关于死亡的故事，妇女们在火车上、理发店或厨房里喝茶时常常讲这些事，这成了一种"亡灵纪念"，所有的痛苦都得到了倾诉和分担，背景讲得清清楚楚，细节一点不漏：说了你之后，她就停不下来了，非要一口气说完。她跟那个年轻母亲讲述你的死亡，从中得到安慰，好像你能复活似的。那女人是第一次听到这个故事。

还有一个故事。

我婴儿时的肥胖照片和小女孩时的壮实照片都是骗人的。10岁的时候，也就是得知你死去的消息时，我有段不光彩的经历。我曾是个很麻烦的孩子，被过分溺爱，遭遇事故，这些他们都当着我的面细细道来，把我与通常得麻疹和水痘的孩子区别对待——尽管我也得过麻疹和水痘，而且持续的时间更长——我似乎介于诅咒和恩宠之间。我从小就问题多多，几个月大的时候，就得了口蹄疫——那是一种罕见的疾病，通过瓶装牛奶从母牛身上传给人类——后来，当我开始蹒跚学步时，来杂货店购物的一个女顾客发现我有点跛，于是我不得不打了半年的石膏。4岁的时候，我跌倒在屋后小院子里的破玻璃瓶碎片上，嘴唇被磕破了——她竖起食指比画着，说"都可以伸进一个手指头"——留下了一个鼓起的伤疤。而且，我的近视不断加深，还出现了几颗蛀牙。

在列举的这些问题中，还没说最严重的呢。5岁的时候，我差点死掉。这是另一个故事了。在那个故事中，我是英雄。我记得清清楚楚，那是个夏日的星期天。那年夏天，你出现在我的童年生活中。母亲当着我的面讲了许多次，一点都不回避，比我父亲讲的次数更多——详细记录孩子情况的往往是女性——她总是讲得眉飞色舞，因为这个故事总能让听者目瞪口呆，听得津津有味。

1945年8月，我在利勒博纳的公园里被一枚锈铁钉弄伤了膝盖。几天后，我疲倦得反常，脖子僵硬，连张嘴都困难，父母决定叫医生。那是个新医生，他对我检查了之后，半天没开口，然后说，但愿我弄错了。我得找个同行商量一下。那是破伤风，他们都不知道是怎么回事。他们从来没有听说过。医生们给我注射了大剂量的抗破伤风血清，说，如果今晚之前她还不张开嘴，她就没命了。于是，她扒开我已经咬得死死的牙缝，给我灌了一些卢尔德水[1]。我的嘴重新张开了。作为感恩，第二年，她去了卢尔德，坐了一个通宵的绿皮火车，路上唯一的食物是一罐沙丁鱼，因为当时食品是定量配给的。她在山中跪着爬完了朝圣之路，回来时给我买了一个自己会走的布娃娃，大家叫它"贝纳黛特"。

也许是因为这个故事重复了无数遍，那个时候的画面我早就铭刻在脑海里。我不记得自己有多惊

1　卢尔德，法国比利牛斯山山脚下的一个小村庄，天主教的圣地之一。该地的泉水历史悠久，很有名，被认为是"拥有神奇力量的泉水"。

慌，总之没有飞机轰炸那么紧张。我仿佛又看到了阳光灿烂的公园，我朝父母跑去，因为我在一张长凳上爬着玩的时候弄疼了自己。长凳上的几条板掉下来了，落在草地上。我把左膝下方血红的小伤口给他们看。他们说"没事，去玩吧"。

我躺在厨房的一张躺椅上，没有再玩。我的表姐C也在，她来我们家度假。餐后，她爬到桌子上唱"可爱的丽春花，夫人们，可爱的新的丽春花"，我很忌妒。

我看见一些模糊的画面，有人在我的躺椅周围走来走去，来来回回。

我躺在床上，我的小床挨着他们的床，她俯身看着我。

后来，也许是另一天，我的嘴里涌出一口血，房间里有很多人，我听见她大喊道，必须把我平放在床上，在背上放一把钥匙[1]，以便止血。

1　法国某些农村地区的一种土办法，据说能够止血，尤其是流鼻血的时候。

我又看见了贝纳黛特，那个穿蓝裙子的布娃娃身体已经僵硬，坐不起来了。

这两个故事的顺序，我的故事和你的故事，是逆时间顺序的，逆时间的进程。在这个顺序中，我差点在你死之前死去。这一点我可以肯定：1950年夏日的那个星期天，当我听到你死去的事，我不是在想象，而是在回忆。我"看见"了利勒博纳的那个房间，也许看得比现在还要清晰。他们的床跟窗户平行，我的紫檀木床就在他们的床旁边。我看见你睡在我的位置上，死去的是我。

我在1949年版的一本《拉鲁斯百科词典》中看到："一旦得了破伤风，人往往会丧命。不过，也有人通过不断注射大剂量抗破伤风血清而痊愈。"没有提到有没有相关疫苗。不过，我从互联网上得知，自1940年开始，所有儿童都必须打抗破伤风疫苗，可疫苗"实际上到了1945年之后才开始全面推广"。

我一直认为血清比卢尔德水有效，所以会悄悄地倒掉卢尔德水。我偶尔提到过童年的这一插曲，比如1964年我曾跟一个医学院的学生说过，在鲁昂布凯路他的房间里。他跟我说起他在医院值班的事，谈到有些病人得了破伤风会在极度痛苦中死去。那时，我仿佛又听见母亲说过的那些可怕的话："要是在以前，人们会用两张床垫把他们闷死。"

　　有些问题，我从来没有想过：你为什么没有权利喝卢尔德水？或者，你有权利，但为什么行不通？

　　血清还是圣水，这都不重要。卢尔德、拉沙乐特[1]、利雪、法蒂玛[2]，我们生活在种种可能性中，

_____

1　拉沙乐特，法国地名，传说1846年9月，圣母现身于那里的两个儿童面前，预告了世界即将发生大事。
2　法蒂玛，葡萄牙地名，传说1917年5月至10月一连6个月，每个月的第13天，圣母告知那里的三个牧童关于未来的三个预言。

奇迹不断出现在神父和寄宿学校修女的嘴里，出现在教堂出售的小册子里，当时是《朝圣者》《十字架》，"小玛丽""布里吉特"（十分畅销的同名丛书中的理想妇女形象）的一个孩子——甚至在洞穴里的水中治好了残疾。

小时候，人的信念不会受到现实的影响。1950年，我就是带着这种现实而存在的。堪称奇迹。我也许还将继续生存下去。只有第一个故事——我被宣布死亡但又活了过来——对第二个故事——你的死亡和我的不配——的影响是重要的。它们是怎样挂上钩的？又造成了哪些重大事实？因为我必须与这种神秘的悖论共处：你是个好女孩，小圣女，但没有得到拯救；而我这个恶魔却活着。不仅仅是活着，还是个奇迹。

所以，为了让我能来到这个世界上得到拯救，你必须在6岁时死去。

我骄傲但又有负罪感，不知出于何种考虑，我被选择活着。也许能活下来的骄傲多于负罪感。

但我是被挑选出来做些什么的。20岁的时候，我下了食欲过盛、血枯经闭这个地狱之后，一个答案来了：为了写作。小时候，我在房间里贴了克洛代尔[1]的这个句子，作为撒旦契约[2]："是的，我相信我来到这个世界上不是为了无所事事，我身上有些什么东西是这个世界所不可或缺的。"我认真地把这个句子抄写在一张大纸上，边缘用打火机烧掉。

我不是因为你死了而写作。你死了是为了让我写作。这二者有很大的不同。

我只有你的6张照片，那都是表姐妹们给我的。有的是她们在我母亲下葬后给的，有的是最近给的。以前，我只看到过两张，母亲把它们藏在衣柜

---

1 保尔·克洛代尔（1868—1955），法国著名的诗人、剧作家和外交官，大部分作品都带有浓厚的宗教色彩。
2 传说人类曾跟撒旦达成交易，人类把灵魂给撒旦，以换取相对的东西，如财富、权力、青春等。

的抽屉里，1980年前后消失了，也许是她在发脾气时扔掉了。那种情绪冲动具有破坏性，是阿尔茨海默病的前兆。

在那些照片上，除了婴儿时期的那张，你应该有五六岁的样子。那些照片也许是用他们战前在市集日赢来的相机拍的。那架相机他们一直保留到50年代末，我经常用。你几乎总是低着头，做着鬼脸，好像光线让你感到不舒服，你无法忍受似的。表姐G也注意到了这一点，她在最近写给我的一封信中最后归纳道："她好像并不自恋。"

这一评价让我深感不安。你那时幸福吗？我从未想过你是否幸福这个问题，好像这问题对一个已经不在的小女孩来说很荒谬，简直是侮辱人。他们因你去世而感到痛苦，怀念你可爱的样子，这些爱的证明好像百分之百地证明了你的幸福。大家都认为，被爱会让人幸福。根据这一信条，你绝对是幸福的。圣女们是幸福的。也许你不幸福。

看得出来，你不是为了活着而生的，你的死是宇宙这台计算机编了程的。正如博絮埃[1]所说，你是送到世上来"凑数"的。我突然发现自己冒出了这种残忍的想法，这让我感到恐怖，也让我产生了罪恶感。我羞耻地感到，自己也认为你必须死去，牺牲你是为了让我来到这个世上。

不曾有什么命中注定的事。只有白喉流行病，而你没有打疫苗。根据维基百科，白喉疫苗直到1938年11月25日才开始推行强制接种，而你于此7个月之前死去。

两个女儿。一个死了，另一个也差点死了。她一去世，这个活着的时候生命力如此强大的女人，一去世——似乎就成了死亡的播种者。我被她吸引，也吸引着她。在十四五岁之前，我一直朦胧地

---

1 博絮埃（1627—1704），法国主教、神学家，被认为是法国历史上最杰出的演说家。

认为她会让我跟你一样死去。或者她会故意让自己死去，来一个大大的惩罚，包括惩罚我父亲，正如她在大发雷霆时所说的那样："你看着吧，我死了以后你就知道了。"（可是，这不更多是威胁要离开我们，到别的地方去生活吗？）街坊们来找她，让她去为奄奄一息的人服务，给死者化妆。她赶紧去了，回来的时候神情古怪，我想我能看出来她心满意足。她说一个患结核病死去的女孩"头上扎着头巾，看起来就像利雪的圣·特蕾萨"。45岁时，我髋部不得不动手术，那时，我想我麻醉后再也醒不来了，我会比她先死：这样，她就能把你、父亲，现在加上我，"把我们统统埋葬了"。

在雷塞[1]的一幅画中，可以看到一个男人的后背，他牵着一个孩子的手，走在一座又窄又长的桥上。桥上没有栏杆，桥下就是深渊。在他们的后

1　让-马克·雷塞（1941—1983），法国漫画家。

面，右边，桥被砍出一个缺口，通往万丈悬崖；在他们的前面，左边，靠孩子那边，有一个同样的缺口。看着脚印——成年人的脚印，四周有两个孩子的脚印——人们可以明白，那个当父亲的已经让第一个孩子掉入深渊，现在准备以同样的方式，在稍远一点的地方，让第二个孩子也掉下去，而自己却继续~~平静~~地往前走，一直走到底。雷塞把这幅画叫作《孩子失踪之桥》。

　　然而，事实让这个神话破灭了：冬天，她让我穿得暖暖的，甚至穿得太暖了；我稍微有一点点感冒她就让我父亲去请医生，她自己还带我到鲁昂去看专家门诊；让我看高级牙医，尽管价格相对他们的收入有点太高；为我一个人买小牛肝酱和红肉。但她常说"你花了我们太多的钱"，这种话就像在指责我身体虚弱。我觉得自己咳嗽、"老是有什么事情发生"都是一种罪恶。我的生存让他们耗费了巨资。

当然，我爱戴她。人们说，她是个漂亮的女人，说我"随她"。我很骄傲自己像她。我有时恨她，站在衣柜的镜子前举起拳头，希望她死去。给你写信就是不断地谈论她，她是这个故事的拥有者、判决者，有了她，战斗就永远不会停止，除非到了生命最后。那时，她如此悲惨，如此糊涂，我不想让她死去。

她和我之间，是用词问题。

从一开始，我就不会写"我们的母亲"，也不会写"我们的父母"，无法把你纳入我童年时期的三人世界当中。没有共同的主有代词[1]。（这种不可能性是不是一种排斥你的方法？让你重新出局，就像我在那个夏日星期天的故事中一样？）

---

[1] 法语中主有代词用法，主有代词的阳性复数形式可以不代替任何名词，表示家人、亲友、团体成员等。

从某种角度来看，重要的角度，时间的角度，我们并不曾有过同父同母。

1932年你出生的时候，他们还很年轻，结婚刚满4年。这两个雄心勃勃的劳动者，由于前一年在利勒博纳的纺织区拉瓦莱盘下了一家商店而负债累累。他继续在外面干活，在霍德的一个工地上，然后是在热罗姆港的炼油厂。他们身边和他们身上沸腾着人民阵线[1]给他们带来的希望。讲述那些贫苦的岁月，回忆晚上在咖啡馆一直工作到凌晨三点，他们最后总是以这句话来结束："那时候我们还年轻。"

在战前拍摄的一张没有具体日期的照片上，他满脸笑容地搂着她的双肩。她穿着一条大圆点的花裙子，浅色的花边领子，一绺浓密的头发垂下来，遮住了眼睛。她还像1928年当新娘的时候那样，

1　人民阵线，1936—1938年的法国左翼政府。

皮肤光滑，喜欢责难别人。我从未见过那条裙子，也没见过那种发型。我不认识你那个时代的这个女人。

我那个时代开始的时候，在也有我的某些照片上，也许是1945年春天拍摄的，他们尽管也在微笑，但青春的气息已荡然无存，身上再也没有往日的那种无忧无虑，只剩下成年人身上常见的那些东西。他们的皱纹很深，很重。她穿着一条我早就见她穿过的条纹裙子，头发用发夹夹到后面。他们经历了大流亡、德占时期和大轰炸。他们经历了你的死亡。他们是失去孩子的家长。

你在那儿，在他们两人之间，但不见人影。他们很痛苦。

他们应该对你说过："等你长大以后"，并列举了你以后能做的事情，读书，骑车，独自上学，他们对你说："明年""今年夏天""很快"。某天晚上，代替未来的，只剩下虚空。他们也对我说了同样的话。我6岁了，7岁了，10岁了，超过了你的年龄。对他们来说，已经没有可比性。我隐约相信，他们怪我不再是个孩子，而是"成了一个少女"。我初来月经那天，她递给我一包月经用品时，说的就是这话。当时我尴尬极了，几乎手足无措。

　　被我偶然听到的故事，是第一个也是最后一个。他们俩没有一个谈起过你。

　　我不知道你的照片是什么时候被藏到柜子里的，户口本又是什么时候被塞进阁楼的一个保险柜里的，我就是在那个生锈的保险柜里看到它的——当时我至少已经18岁——那天，保险柜是开着的。他们俩每个星期都带着从花园里摘的鲜花，轮流骑车去墓地。有时，一个悄悄地问另一个，你去了墓地？那时我还远远不知道7年后——1945年，他们会回来，他们希望能把你埋在伊沃托——父母双方的所有家庭成员几乎都住在那里——而不是利勒博纳，也许是为了大家都能常常到你坟墓上去默哀。

我从来没有听他们说过你的名字。我是从表姐C那里听到的。我觉得对一个少女来说，这名字太老气了，甚至有些滑稽。学校里没有一个同学取这个名字。现在还是这样，听到这个名字，我会感到不舒服，甚至有点厌恶。我很少说这个名字。好像有人不让我说出这个名字：吉内特。

与你有关的事情，他们都守口如瓶，严格保密。

他们让我睡在你的那张紫檀床上，一直睡到7岁左右。后来，他们给我买了一张长沙发[1]，那张小床被拆掉了，四块床栏、床架、金属的绷子被暂时放在阁楼里，偶尔有孩子来暂住才重新装上。母亲

1　英文，意为"摆在屋角连带摆设架子的长沙发"。

来安纳西与我们同住时，把小床也搬来了，连同其他家具。我把它放在地下室，但搬运工弄错了，把它搬到了沙朗特我公婆家，而公婆在没有告诉我的情况下不久就把它扔了。1971年夏，他们大声地笑着，漫不经心地把这事告诉了我。

他们让我挺着棕色的山羊皮公文包上学，直到六年级。那是你上学用过的。只有我使用那种式样的公文包，用起来很不方便：打开的时候，必须猛地把整个包倒转过来，否则里面的笔盒和本子会乱七八糟地掉得一地都是。我已经在家里看到过它，还以为它是事先早就买给我的，准备让我开始上学时用。我应该是到了20多岁才明白，这个包——它一直用来放纸——曾经是你的。

我找到了这段话，写在我1992年8月的日记上："小时候——那是写作的起始吗？——我一直相信自己在另一个地方还有另一种生活，但并不是真的在那里生活，而是在那里'写作'，虚构另一种生活。缺少真正的生活，或生活在虚构当中。这有待挖掘。"

这也许就是这封假信的主题——只有写给生者的信才是真的。

直到今天，我才问自己这个其实十分简单但我从未想过的问题：我为什么从来没有问过他们有关你的事呢？在任何时候都没问过，哪怕是在我成年以后，自己也当了妈妈的时候。为什么没有告诉他们说我其实已经知道？一个问题迟迟问不出口、久久藏在心里或在公开场合才敢问，这只能表明这个问题永远不可能在该问的时候问出口。在50年代，根据不言明的规则，孩子是不准问父母的——总之问成年人，他们不想告诉别人而我们又知道的问题的。我10岁那年夏天的那个星期天，我听到这个故事的同时，也接到了命令，要保持沉默，不得违规。如果他们不想让我知道你的存在，我就什么也不能问他们。他们不想让我知道你的存在，我应该满足他们。我觉得违反这个规则——但我甚至连想都没有想过——那就等于当着他们的面宣传淫秽的甚至更坏的东西，这会引起某种巨大的灾难和罕见的惩罚。这种惩罚，我在此联想到卡夫卡在《给父亲的信》中转述父亲曾对儿子说的那句话："我会把你当作一条鱼一样撕碎。"22岁时，我在大学城的床上第一次读到这句话时，立即就把它抄了下来。

想起16岁时，我在姨妈玛丽–路易丝家里被吓得够呛。星期天，她常常喝得酩酊大醉，忘了保守秘密的责任。她指着你的一张照片对我说："那是你姐姐。"我几乎都没看那张照片，恐慌中匆匆地翻看下一张。他和她就在旁边，我怕他们听到这话，从而得知我知道他们的秘密。

我们维持着这个完全不真实的虚构故事。

1967年6月，墓穴打开，父亲的棺材下葬，就在你的坟墓旁边。她和我假装不知道。第二年夏天，我去她家度假时，在花园里摘了一束花，带到他的坟墓上。我没有给你的坟墓献花，因为她什么都没对我说。甚至你长眠的地方也从来没有名字。

有时，他们一定察觉了——是在什么时候，又是通过什么迹象？我永远都不会知道——我已经得知你存在过的消息。打破沉默似乎越来越迟了，因为那个秘密太陈旧了。对他们来说，揭开这个秘密已经变得太复杂。我觉得带着这个秘密我活得挺好。孩子们带着秘密，带着成年人认为不应该说的秘密，比人们以为的活得好。

我觉得这种沉默很适合我和他们。它保护着我，让我避免了负担，不用去敬重家中死去的孩子。那样做对生者来说是一件极为残酷的事情，尽管自己意识不到。目睹这种状况，我感到很气愤。表姐C的妈妈老是向表姐夸奖她3岁时死去的姐姐莫尼卡，说："莫尼卡非常漂亮。"他们呢，尽量不把你夸成一个典范，不当着我的面说"她比你可爱"。

我并不想他们跟我谈论你。我也许希望为了保持这种沉默，希望他们最终能忘了你。回想起我成年以后，每当我不得不承认你在他们心中是无法摧毁的这一事实，我都会感到一种深深的、无法解释的不安。这就证明了我以上的假设。

1983年，医生当着我的面测试她越来越差的记忆。在无数个问题中，只有这个回答是准确的："我有两个女儿"。她忘了自己是哪年出生的，但记得你是哪年去世的：1938年。

1965年，我和丈夫从波尔多去看他们，带着我们的第一个孩子，他才6个月，他们还没见过。我们下车的时候，他在那里等，看到终于有了外孙女，他高兴得激动万分，大喊："小女孩来了[1]！"这一

1　法语中的fille既可理解为"女儿"，也可理解为"女孩"。而且，"（外）孙女"和"小女儿"的写法与读音都相似。

口误——我今天才知道它的影响有多大，也知道了它有多美——我希望自己没有听到。它让我感到泄气，感到难受。可能也让我感到恐惧。我不希望你复活在我的孩子身上，通过我的身体复活。

（尽管你与我通过这封信所寻找的身体与血缘没有任何关系，这难道不是你复活的一种形式吗？）

他们也用沉默来保护自己。保护你。他们不让你被我的好奇心所伤害，那会让他们肝胆欲裂的。他们把你留给他们自己，留在自己身上，就像留在他们不让我靠近的圣体柜中一样。你是他们的圣物，把他们紧紧地连接在一起，比任何东西都管用，不管他们如何争执，如何不断地吵架。1952年6月，他把她拖到墓穴里，想杀死她。我居中调停。我不知道是由于你还是由于我，他最后没有下手。我回想起来，就在这之后，我想"他疯了，就像她死的时候他曾疯过一样"。那时，我曾泪水汪汪地

问她："他已经这样疯过一次？"我希望她能说
"是"，但她没有回答我。

我丝毫没有责怪他们。死了孩子，父母并不知
道自己的痛苦会给仍然活着的人带来什么。

他们先后把对你的鲜活记忆，把1938年4月所失
去的一切都带到了坟墓里。你的学步，你的游戏，
你小时候的恐惧与厌恶，你的上学，你生前的种种
故事，都因你的死而变得残酷。相反，关于我，他
们一再重复，以致令人生厌。我的童年被津津乐
道，充满了各种小故事，与你的童年完全不一样。
除了空白。

我从来不认为你有任何缺点、做过小孩会做的
任何蠢事，也不会犯我在与你同龄的时候所犯的错
误，从而被迫"改正"。比如，那天，我狼心狗肺
地剪掉了正在看书的表姐 C 头上的一束鬈发。你甚

至不可能犯错和受惩罚。你一点都不像是一个真正的女孩。你跟圣女一样，没有童年。我从来没有想过你真的存在过。

可是，我为什么没有早一点去问认识你的舅舅和姨妈们呢？德尼丝表姐比你大四五岁，跟你一起拍过照。由于我母亲和她母亲战前吵过架，所以我不认识她。她是去年死的，我从来没有试图去见她。这么说，我其实并不想知道。我是想把你定格在某一刻，让我10岁时所知道的你永远不变。死了，但非常纯洁。成为一个神话。

我想起很久之前在父母房间里看过一张你的照片，放在已被弃用的壁炉上，旁边有两尊圣母雕像。一尊是我病愈后母亲从卢尔德带回来的，涂了一层黄色，在夜里看起来很明亮；另一尊要旧一些，是大理石做的，圣母的怀里抱着一束奇怪的麦穗。这是一张加工过的照片，装在玻璃框里，框架是金属的。只有你的脑袋从白里透蓝的背景中露出来，脸蛋光滑，一头露易丝·布鲁克斯[1]那样的黑发。你的嘴唇是深色的，好像化过妆，皮肤很白，但我发现你的腮帮子有点发红。

我很想把那张照片放在这些文字中间，可惜找不到了。你的圣女照，我想象中的照片。我没有你的其他照片。甚至展示你的照片这一假设都让我心里发凉，就像是亵渎圣物。

在开始写这封信之前，我对你保持着平静的心态，现在，这种平静已被打破。写信的时候，我越来越觉得自己是在一个泥炭区前行，那里一个人都没有。我如在梦中，每写一个字，都得穿越一个布

---

1 露易丝·布鲁克斯（1906—1985），美国默片时期的女影星，在20世纪20年代以扮演放荡、堕落角色而闻名，其发型被当时的少女争相模仿。

满不明物质的空间。我觉得自己对你没话说，没话要对你说。我只知道用否定的、持续虚无的方式谈论你。你游离于情感语言之外，表示喜怒哀乐的语言与你无关。你是反语言的。

我无法写一个关于你的故事。除了10岁那年夏天我所想象的一个场景，我没有关于你的任何回忆。死亡与拯救在那里混淆。我没有任何办法能让你存在，除了定格在照片中的形象，它没有动作，没有声音，因为保存动作与声音的技术当时还没有普及。与某些人死后没有留下照片一样，你死后也没有留下音像资料。

你只有通过你留在我的印迹上的印迹才存在。写你，不过是绕着缺席的你转一圈，描写缺席带来的遗产。你是一种空的形式，不可能用写作来填满。

我无法或我不想——涉及自己的过去时，这两者混淆了——进入他们的痛苦。这种痛苦先于我而存在，我感到很陌生。它排斥我。

我不愿意猜想她以自己的方式，颤抖着，失望地在仪式行列中唱着圣母玛利亚赞歌"有一天我将去看她"，唱到副歌"在天上在天上在天上"的时候，声音高得走了调——她会突然不理他，好像在想其他事情似的。她总是在担惊受怕，我放学晚回来一点儿，去看场电影，去骑下自行车，她就会担心我"出了什么事"。那时，我会不怀好意，傲慢地回答道："你希望我出什么事情？"

但他们的痛苦，我早就听到，却弄不清；早已熟悉，却认不出来。

在母猫嘶哑的哀叫中，他们夺走了它的小猫，像农民一样把它们活埋了。有一天，我决定马上把它们从地里挖出来，还带了一个表姐去，她现在还记得这事。结果，他给了我一巴掌，小猫就是他埋的。这是他这辈子给我的第一个也是最后一个耳光。

在马太的福音书中，在先知耶利米[1]的这几句话里："拉吉[2]在沙漠里为自己的孩子哭泣，她不想得到安慰，因为孩子们已经不在。"

在杜佩里耶"失去的理智"中，马莱伯曾就他女儿的死写过一首充满学究气的安慰诗[3]，必须尽快地熟记在心。

在谢尼埃[4]的一首我都能背下来的诗中有一句："她死了，米尔托，青年女囚。"

我没有生活在他们的痛苦中，而是生活在你的缺席中。

1　耶利米，古代犹太国的一位先知、祭司。

2　拉吉，耶稣门徒雅各之妻。

3　弗朗索瓦·德·马莱伯（1555—1628），法国宫廷诗人，法国古典主义文学奠基人之一。1599年其友杜佩里耶的女儿意外身亡，他曾作诗《慰杜佩里耶丧女》安慰，该诗后来成其代表作。

4　安德烈·谢尼埃（1762—1794），被认为是18世纪唯一能借诗歌语言表达启蒙思想的法国诗人。法国大革命期间被囚140天，写下了著名的诗篇《青年女囚》。

直到13年前，我收到利勒博纳的一个表兄弗朗西斯·G的信——你死的时候他还是个小男孩，我才第一次走近他们的痛苦。他写道："拉瓦莱的所有人，以及其他许多人，都清楚地记得你父母，记得6岁时死于白喉的你的姐姐吉内特。我的表姐们（伊韦特和雅克琳娜·H）曾对我说，整整一个星期，客人们都不敢去杂货店。看到你父母那样痛苦，真是太让人伤心了。也许还因为害怕那种可怕的病。"我好像需要生者的话来证明那件事，才能接受他们很痛苦这一事实。

我查遍关于情感的各种词汇，也找不到一个词来形容我小时候及长大以后对你的情感。没有仇恨，没有目标，因为你已经死了，也没有温情。没有一个人（不管远近）在另一个人心中激起的任何情感。感情上一片空白。中性，最多有些多疑，因为我有时怀疑你暗中出现在他们对"那座坟墓"的冥想中。

又或者，隐约有些害怕。怕你报复。

我想不起来是否想起过你。不断增长的新知识满足了我的求知欲和自豪感，拉丁语！代数！关于爱与性的想象充满了我的头脑。在一个少女的当下，战前去世的一个小女孩的虚幻形象能有多大分量？她甚至都不想回忆自己有过的童年，只梦想着未来。比起即将来临的一切，幸福的（月经，爱情，读《一生》《恶之花》）和不幸的（1952年的那个星期天）；或者比起在伊韦托厌烦而麻木地度假时没有发生但将会发生的事（早晨在寒冷中心情愉快地去上学、爱情歌曲和星期六从来自鲁昂的火车上下来的女生们专注的神情，这些都是预示），你的死应该不是很重要。

你永远只有6岁，而我在这个世界上年龄越来越大，带着——20岁的时候，我将在艾吕雅[1]的一首诗中找到定义——我"强烈的生存愿望"。而对你来说，到来的只有死亡。

我想活着。我害怕生病，害怕得癌症。16岁的那年夏天，我又有点瘸了，但我什么都没说，而是把纸塞进鞋跟。我害怕他们给我打石膏，把我送到贝克菩拉日。也许我从你身上，从你的死，从某种我认为堪称奇迹的幸存中汲取了力量。也许你给我增添了力量，给了我生的热情，60年代圣伊莱尔迪图韦尔结核病疗养院的学生们就是这样。尽管抗菌素已经发明，但由于结核病，近在咫尺的死亡阴影仍在他们身边徘徊。于是我将选择——这是一种偶然吗？——与他们当中的一员结婚。他曾写过一本日记，叫作《弥留之际》。

我意识到自己的优势，独生子女，另一个孩子

---

1 保尔·艾吕雅（1895—1952），法国超现实主义诗人，曾参加达达运动和反法西斯斗争。

死了之后才生的孩子，得到无微不至的关心，受到溺爱。他首先希望我幸福；她呢，希望我成为"善良的人"。他们对我的叠加希望让我在家庭和我们的工人社区内具有了让人羡慕的特权，家里人从来不让我干活，我借口要继续学习，不给顾客"提供服务"。你是他们伤心的对象，我知道我是他们的希望，他们吵架的原因，他们生活中的大事，从初领圣体到中学毕业会考，我都是他们的骄傲。我就是他们的未来。

我有时会屈指计算你如果活到现在该有多大了——大致的年龄，因为我一直不知道你究竟是哪年出生的——只知道你比我大八九岁。年龄相差很大。我得把你描写成一个大姑娘，就像来店里买东西的那些大姑娘，她们往往把我当作是一个无足轻重的小孩子。我不会怀念一个像她们那样的姐姐，她可能会掌控我，年龄比我大，胸脯比我高，知识比我渊博，权力比我大。我可能跟你没有任何东西可以分享。即使是一个年龄比我小的妹妹，甚至是一个婴儿，我也会更加高兴，会把她当作一个有生命的玩具娃娃。

但你我注定要保持唯一。他们只想要一个孩子，这一点体现在他们的这句话中："我们的能力只能养一个孩子而不是养两个。"这里指的是你的生命，或者是我的生命，而不是我们两人的生命。

我几乎花了30年，并且写了《一个男人的位置》[1]之后，才明白这两个事实：你的死和经济条件只允许家里养一个孩子。它们存在我的脑海中，彼此相隔甚远；也是在那之后，这一现实才浮出水面：我来到这个世界上，是因为你死了。我替代了你。

我不应该回避这个问题：如果我当时不想在那本书，在《一个男人的位置》中近距离地写出那个

1　该书1983年由伽利玛出版社出版，1984年获勒诺多文学奖。

事实，你是否会从我内心的黑夜中冒出来？我已把你保留在那里多年。是不是写作让你重新诞生？每本书都让你降临到我事先所不知的东西之上，比如在这里，我好像撩开了在一个没有尽头的走廊里不断加厚的层层面纱。

或者，精神分析学家的基本倾向并没有把我（总之，在我不知情的情况下）引向你，命令我揭开写作的幕后，逐出那个幽灵？它好像一直藏在那里，而作家不过是它的傀儡。所以，我不应该在这封信中把你当作是精神分析的一个产品？精神分析在回归原始主义，一味追求我们永远都避不开的东西。

这个"你"是一个陷阱。它身上有一些让人窒息的东西，在你我之间创造出一种想象中的亲密，带着怨恨的味道，接近是为了指责。突然，它试图把你当作是我存在的原因，硬是把我的整个一生建立在你的死亡上面。

因为我很想把我的某些图式[1]追溯到你身上，它在幸福与痛苦之间反复衡量。正如我担心所有的快乐时光之后便是伤心，所有的成功都伴随着莫名的惩罚。或者，把同一个等效原理反过来，我自青春期开始就以其各种形式（除了性）这样盘算：受苦是为了得到某种幸福或者成功。这种原理曾促使我穿着皱巴巴的过时旧裙子通过了中学毕业会考，坚强地忍受牙医的折磨，希望这样能唤回已逝的爱。而在这种"有回报的"牺牲中，更多是出于自私的目的，而不是出于基督教讲的义务，为拯救罪人而忍受痛苦。

你是我身上的一个虚构的基督教故事？圣体饼，这一耶稣圣体——我庄严地初领圣体那天，曾用舌尖把它碾碎，因为它粘在我的上腭上了。当

1　心理学术语，指人脑中已有的知识经验网络，即人在生活实践中形成的对世界的认识体系和评价标准。

时，我想我犯了滔天大罪。由于害怕在忏悔时承认这一过错，我的污点越来越严重，圣体领得越来越糟，由此注定要被罚入地狱。

我在此不过是追逐一个影子。

不单是在自己身上找，我也许还应该在我身外，在那些我想成为她们的女孩身上找。那些高年级女生，我在此记下她们的名字：玛德莱娜·图尔芒特、弗朗索瓦丝·勒努、雅妮娜·贝尔维勒。那是变回初中或六年级的孩子，穿着蓝色的校服，在操场上偷窥那些神秘的女神，我不奢望她们能看我一眼，更不奢望她们能跟我说一句话。仅仅是看着她们。

或者，这一点更加肯定，在小说或电影的场景里，在不知道为什么会让我心潮澎湃的油画中找——那些画面永远不会被遗忘。也许应该在那里寻找你，在个人的想象、象征和真实世界的总目中

去寻找 ——别的人都无法辨认，以便通过某种努力来发现你，而这种工作没有任何人能夸口代替我们做。我已经知道你在《简·爱》中化身为乖巧而虔诚的海伦·彭斯，那是简·爱在布洛克赫斯特[1]阴森的寄宿学校的朋友，比她年龄大，海伦已被结核病折磨得奄奄一息。夺走了十多个学生性命的伤寒，简·爱竟神奇地没有染上。一天晚上，她去诊所看海伦。海伦请她坐到病床上。

"你是来向我告别的？我想你来得正是时候。"

"海伦，你是要去什么地方吗？去你父母那里？"

"是的，我要去我渴望的坟墓，那是我最后的栖息之地。"

"不，不，海伦。可你要去哪里，海伦？你可知道？你知道吗？"

---

1 布洛克赫斯特为简·爱所寄宿的洛伍德慈善学校的校长。

“我想，我信教，我要去见上帝。”

“上帝在哪里？上帝是谁？”

第二天早上，人们把睡着的简·爱从床上拉起来。她紧紧地搂着已经死去的海伦。

我面对着C表姐二十多年前送我的一张照片。你们三个人站在两条马路之间的拐角，站在人行道上。父亲身材高大，满面笑容，穿着深色的双排扣西装，堪称节日的盛装，手里还拿着一顶帽子（我只见过他戴贝雷帽）。站在他身边的，是一个领圣体的女人，他的侄女德尼丝，身着白色长裙，只能看见她的脸和脚踝。她戴着无边软帽，垂着面纱。在她面前，有个小女孩，一头褐发，脑袋只到她的胸脯。那就是你。你也一身白，短袖长裙，穿着轻便凉鞋和短袜。头发剪成齐耳方形，头路中分，左边打了个蝴蝶结，呈深色的弧状，绕着你高高凸起的额头，完美得不可思议。你不苟言笑，表情严肃地盯着镜头。你的嘴唇是深红色的，惊人的细节，你的动作也一样：你让双手的指头分得很开，指尖互相触碰。由于两人都是白裙子，你仿佛跟那个领圣体的女人融为一体，她的面纱遮住了你的上半截胳膊。在你们身后的墙上，贴着一张海报，上面清晰地写着几个大字："生活费用昂贵""食品方面的社会改革""提高工资""带薪假期""40小时工作制"。远处，有一个高大的建筑，上面有块广告牌："地中海"。一些模糊不清的身影正朝那里走去。你们的盛装与那个略显荒凉的地方形成对比，那是城郊的一个半工业区。那张照片1937年摄于勒阿弗尔。当时你5岁。你还可以活一年时间。

我看着你严肃的脸、出于好玩而分开的手指和纤瘦的大腿。在照片上，你不再是我童年时期不祥的影子，也不再是圣女。你是突然从白喉流行时期走出来的一个小女孩，被拉出这个世界的表面。在那一分钟，那一天，喜庆的一天，这个世界的形状和物质，就是勒阿弗尔一个普通街区的那条水泥边缘的宽大的人行道。

我广阔的生活无限地延伸到你的生活中，也淹没了我自己。我的身后，一切都数不胜数，看见的、听见的、了解到的、被遗忘的东西、肩并肩的男女、马路、夜晚和早晨。大量的画面让我感到不知所措。

非常遥远，但如此清晰，最初在利勒博纳的画面：

带台球桌的咖啡厅，平行摆放的大理石桌，顾客们的身影都很模糊，除了一对坐在桌前的夫妇——弗尔德兰夫妇。弗尔德兰夫人只剩下两三颗牙齿。

杂货店的厨房，被一扇玻璃门隔开，朝着一个铺石小庭院。

楼梯上方是餐厅，餐桌上有些黑色和橙色的塑料花，混杂着插在一个高脚杯里。

母狗布佩特，短毛，不住地颤抖，咬死了被河水冲下来的很多老鼠。

德热纳泰纺织厂褐色的巨影及其包铁的巨大烟囱。

磨坊及其浅绿色的轮子。

我把这些画面都放进我的书中。想到它们也曾属于你，我感到非常奇怪。发现你我共同存在于某些人的记忆中，我就更奇怪了。正如弗朗西斯·G在1997年的信中所指出的那样："我的表姐伊韦特对我说，天气好的时候，她会跟你姐姐吉内特外出，带着她在通往特里尼特杜蒙[1]的路上散步。雅克琳娜则回忆说，当你还是个婴儿时，她曾抱过你。当时，你的两条瘦小的腿打了石膏，所以迪歇纳夫人叮嘱我一定要小心。"

1　特里尼特杜蒙是法国东北部诺曼底塞纳旧事局的一个公社。

我又看到了利勒博纳认识你的某些人，朦朦胧胧的。你应该听说过他们的名字：默尔热一家、波尔多、樊尚、厄德、特朗尚、勒克莱神父和磨坊的主人博施夫妇，他们养了一只宠物猴。我听到了你曾听到过的街道和地方的名字，1945年之后，我就再也没有回那些地方了：凯撒琳娜路、吉贝磨坊路、拉弗雷内、勒贝凯特。

我还记得外祖父母、舅舅舅妈、表哥表姐，他们都记得你。我写了他们。

我们一一出现在同一群人当中。冷热、饥饿、食物、天气，所存在的一切，都是通过同样的声音、同样的动作和同样的语言告诉我们的。我在学校里学习的法语并不是"标准的"法语。

我们是在同样的儿歌中被哄入睡的。他唱的是"你潦倒的时候回来找我"，她唱的是"樱桃时刻"和曲调忧伤的"爱情在周围的空中飘动，爱情在安慰可怜的世界"。

我们生于同一具身体。我从来就不愿意认真地想这事。

我又看见自己在利勒博纳，在厨房里。晚上，用过晚餐后，商店关门了。我蜷缩在她胸前，坐在她的膝盖上。她在唱"在北方的桥上"，他坐在她对面。

一个天色灰暗的星期天，在伊沃托，我们去散步。他们拉着我的手，我看着他们的鞋子在铺满石块的小路上前行，我的鞋子在旁边显得很小。

在那些画面中，我从来没有想过你会替代我。我不能在我看见自己跟他们在一起的地方看见你。

我不能让你出现在我曾去过的地方。不能让你来代替我。有生就有死。你或者我。为了生存，我得否定你。

2003年，我在日记中又看见了那个故事中的场景："我并不像她那样'可爱'，我出局了。所以我不会生活在爱中，而是生活在孤独与智慧里。"

许多年前，我经过利勒博纳，去了拉瓦莱街区。我从外面，从塔内里路又看到了那家杂货店兼咖啡馆，我们俩就出生在那里。据我所知，那家店自70年代起已经成了私宅，外墙粉刷过，白得刺眼，与两边灰色的墙面很不协调。它已被完全翻修——杂货店的门被改成了窗户——旧商店的所有痕迹都被抹去了。我不想再到里面看。我知道，现状无法自动保持，必须不断地加固、重新粉刷，墙壁必须重新裱糊。我早就担心房屋的翻新和别人的家具会让记忆受到伤害。

去年夏天，甚至在想到要写这封信之前，我就产生了这个愿望：这次，要进入屋内。但很难找到现屋主，更难说服他们让我进去参观，他们的犹豫是合理的，但无法忍受。我遇到的困难越来越多，想进去的愿望却越来越强烈。好像我在等待一种发现，不过，我想象不出这种发现有什么用，也许用

来写作，但这是次要的。

互相通了一些信件和邮件之后，去年4月，屋主，一对50多岁的夫妇，终于允许我们进入屋内。这是自1945年以来的第一次。

一楼，我觉得完全变了，隔墙已被打掉，成了一个单间。我只认出低矮的屋顶——我伸直手臂几乎就能碰到——以及河边的小庭院。小房间、洗衣间和养兔子的小屋已经消失。楼上，好像加了一道墙，多出一条狭窄的走廊——我记不清了——一边是两个朝马路的房间，另一边是两个朝院子的房间。右边第一间，是那对夫妇的房间，那也曾是我父母的房间。床的朝向是一样的，与窗户平行。一切都与我的记忆完全吻合。如果有人蒙住我的眼，把我带到这个房间，事先不告诉我这是哪里，我也许说不出这是什么地方，但丝毫不会怀疑那个房间与1945年的那个房间相同——因为有靠河的那扇窗户证明，它与我一直保留在脑海中的样子完全一致。

我看着那张床，试图用我父母的床来替代它，试图看到旁边的那张紫檀小床。"就在那里"，其实我并没有真的这么想，没那么确定，但有一种强烈的感觉，惊讶并且暗中有些高兴；自己站在那里，准确地站在世界上的那个地方，四壁都是墙，靠着那扇窗，成为那道目光，凝视着房间。我们的一切都从那里开始，一先一后。一切都在那里上演。生与死的房间，沐浴在傍晚的夕阳里。命运之谜发生的地方。

　　在这里，我一会儿看到去年4月那个充满阳光的房间，感到房东在我身边很碍事，觉得天气很热；一会儿又在另一个房间，黄昏时分，朦朦胧胧，我化作小小的影子，在童年的床栏间延长。在第一个房间里，一切都是不真实的，房间将在某个期限内自行消失，或长或短。据我的经验，永远都是这样，我已经忘了床罩的颜色，忘了家具。另一个房间则坚不可摧。

彼得·潘[1]看见父母俯身于他的婴儿小床，便从打开的窗户逃走了。一天后，他重新回来，但发现窗户关了，婴儿床上躺着另一个孩子。于是他又逃了。他永远长不大。在某些版本中，他来到别人家里寻找即将死去的孩子。你也许没听说过这个故事，我也是四年级上英语课以后才知道的。我从来就不喜欢这个故事。

1945年11月7日，回伊沃托三个星期之后，他们在公墓买了一块地，就在你旁边。1967年，他首先安眠在那里，她呢，19年之后。我不会葬在诺曼底你们身边的。我从来不希望这样，也从来没有这样

---

1 英国著名作家詹姆斯·巴里（1860—1937）同名童话故事中的人物，一个不愿长大也永远不会长大的可爱的小男孩。他满口珍珠般的乳牙，穿一身用树叶和树浆做的衣服。

想过。另一个女孩，就是我，远远地逃离了他们，去了别的地方。

几天后，我将去上坟，这是万圣节的习惯。我不知道这次有什么话要对你说，不知道是否有这个必要。不知道写了这封信后我会感到耻辱还是骄傲。到底是出于什么目的写这封信，我自己也不知道。也许我想了结一笔想象中的债，我的生是用你的死换来的，我现在把它还给你。或者是让你重新复活，重新死亡，以便与你两讫，与你的影子两清。逃离你。

与死者漫长的生命作斗争。

当然，这封信不是写给你的，你永远不会读到。收到它的，将是其他人，一些读者。我写信时，他们跟你一样，也是看不见摸不着。不过，我心中深处有一个神奇的想法，希望这封信能以一种不可思议的类比的方式送到你手里，就像以前，夏日的一个星期天——帕韦塞也许就是那天在都灵的某个房间里自杀的——你生存过的消息，通过一个同样也不是讲给我听的故事，传到了我耳朵里。

2010年10月

译

后

记

这本小书写于2010年。当时，出版社组织了一个活动，请作者们给陌生人写一封信。这给了埃尔诺一个机会，让她终于下定决心，触碰禁忌，去撕破那个"朦胧地带"。这封信便是我们面前的这本《另一个女孩》。

就内容和风格而言，它仍属于"埃尔诺世界"，书中背景、情节和许多人物，在她的其他作品中曾多次出现；仍然是"平淡写作"，不夸张，不铺陈，克制，疏离，保持中性；同样的自传或"自撰"色彩，同样简约、准确、具象的文字。只是，它的篇幅更短，但内容更浓缩，思维更密集，情感也更加复杂，所以才会在不到10年的时间里几度被改编成戏剧，在舞台上演出。

如果说，《一个男人的位置》写的是父亲，《一个女人的故事》《我留在黑暗中》写的是母亲，《耻辱》《一个女孩的记忆》《正发生》写的则是埃尔诺自己。这次，她聚焦于家中的一个特殊人物：在她出生之前就已经去世的姐姐。

姐姐叫吉内特，6岁的时候死于白喉。但父母从来没有告诉过她，她也不知道自己还有个姐姐，直到10岁那年，才从母亲跟街坊的闲聊中，无意中偷听到了这个秘密。顿时，她觉得天都要塌了一样。她一直以为自己是家中的独生女，是父母的唯一和掌上明珠，谁知他们念念不忘的是"另一个女孩"，一个仙女，一个圣女。那个上帝的宠儿"比她可爱多了"。跟姐姐比起来，她永远是"胆大妄为""臭美""贪吃""无所不知小姐""令人讨厌"。

从她得知有这个姐姐开始，她的幸福就戛然

而止了。"死了的你进入了活着的我的生活"。在父母和她之间，现在有了"另一个女孩"，"别人虽然看不见你，但你被挚爱，而我被排斥，被推开了，以便让位给你。我被推到阴影里，你则在永恒的光芒中高高地翱翔"。姐姐是父母的圣物，是他们的纽带，把他们紧紧地连接在一起。不管他们如何争执、吵架，只要提起姐姐，他们便会和解。姐姐是他们伤心、惋惜和追忆的对象，也是他们之间唯一的共同语言。"我"感到了失落、失宠，原来父母对她的爱都是假的，于是"我"开始恨那个从未谋过面的姐姐，认为是她夺去了父母对自己的爱。"我"一直否认她的存在，不想了解她的任何细节。然而，她们虽然没有生活在同一时间段内，却成长在同样的空间与环境中。"我"住的是她的房间，睡的是她的小床，用的是她的书包，跟她有着同样的亲人。"我"一辈子也走不出她的阴影。这种无奈、忌妒和怨恨，也伴随着某种愧疚和罪恶感。由于家中的经济条件只允许生育一个孩子，所以，如果没有姐姐的死，就没有她的生。"我来到这个世界上，是因为你死了。我替代了你。""为了让我能来到这个世界上，得到拯救，你必须在6岁时死去。"在一定程度上来说，她的生命是姐姐给的。这种"候补"式的生，让她背负着巨大的心理负担，但有时也窃喜："你不是为了活着而生的，你的死是宇宙这台计算机编了程的……你是送到世上来'凑数'的。"而"我"被选择活着，是父母的骄傲和希望，天降大任于我，"我"注定要在世界上成大事。

这种复杂的情感随着年龄的变化而不断变化。到了老年，这种怨恨渐渐消失，在给父母上坟的时候，她也不忘给这个姐姐带一盆花。一辈子压在心里的秘密，也许想得到释放，又或者是想了结心中的一笔债，"我的生是用你的死换来的，我现在把它还给你"。

《费加罗报》评论说，这部小说散发着"美与神秘的光芒"。美是它的表象，而神秘是它的内核，死亡的阴影笼罩着全书：姐姐早亡，"我"也差点在小时候死于破伤风，父亲试图杀死母亲，"我"曾诅咒母亲死去："我有时恨她，站在衣柜的镜子前举起拳头，希望她死去"。小说以墓地开头，以万圣节上坟结束。雷塞的"孩子失踪之桥"神秘地暗示着什么，帕韦塞的自杀更非离奇的巧合。死亡的真相被彼此隐瞒，大家似乎都想把秘密带入坟墓。

埃尔诺试图从心理学和心理分析学的角度，来审视儿童的心理、父母与孩子的关系和亲人之间的信任危机。成人与儿童的地位和实力是不对等的，所以孩子对父母是盲从的，那种信任是无条件的。然而，正如奥康纳所说，这正是孩子不幸的原因。因为一旦失去了对大人的信任，他们的痛苦和不幸也就开始了。书中的"我"也是这样。从得知姐姐的秘密开始，自己的好日子就结束了，不再相信父母，觉得被他们欺骗了。而父母之所以保守秘密，也许是不想揭自己的伤疤，唤起痛苦的回忆，也许是为了保护她幼小的心灵，更有可能是不想让别人的好奇心伤害已经死去的长女。但这种秘密，保守的时间越长，便越难公开，越容易产生误会。正如说谎，一个谎要用无数个谎来圆。尤其危险的是，如果这种保密是双向的，对人际关系，对亲情的破坏就更大。因为女儿也向父母隐瞒了自己已经得知真相这一秘密。互相保密，势必造成人心的隔离。孩子在这种谎言、欺骗和隐瞒中长大，很难幸福健康地成长，真正感到家庭的温暖。所以，尽管父母无微不至地关心她、照顾她、培养她，为了给她的健康祈福，母亲甚至坐了一夜绿皮车，在山中跪着爬完了朝圣之路，但她心里的裂缝已经无法弥补，和父母的关系长期处于紧张和疏远之中。

埃尔诺的作品常被冠以"自我反思小说"或"自我社会自传"的标签。她是个介入型作家，热衷于社会政治活动，但要说她试图通过自身的经历和故事来反映社会历史，这也未必。她似乎并没有那么大的雄心，也没有赋予自己那么大的责任。她写的永远是自己的小世界，而不像19世纪的那些经典作家那样要反映社会发展的大历史、大变化。不过，个人生活毕竟不能摆脱历史环境和社会现实，所以某些阶段和某些地区的历史现实也透过这部小小的作品折射出来。比如说，20世纪中叶法国外省小村镇的迷信、保守和贫苦，郊区工业的发展，医疗条件的落后，依旧活跃的宗教生活等，尤其是那张海报，上面的大字反映了当时的很多社会现状："生活费用昂贵""食品方面的社会改革""提高工资""带薪假期""40小时工作制"……

　　关于本书书名的翻译，有两个选择：《另一个女孩》和《另一个女儿》，因为在法语中"女孩"和"女儿"是同一个单词（fille）。这个"女孩"当然是指作者的姐姐、父母的"女儿"。但作者并未从父母的角度来写这个女孩，而是以平视的，甚至是陌生、疏离的角度讲述她的故事。长期以来，作者的内心深处并不愿意承认那是自己的姐姐和家人。而且，她更乐意用"女人""男人"这种中性的词来指代父母，加上 fille 这个多义词在书中的混用，尤其是父亲见到外孙女时还出现了口误，凡此种种，译成"女孩"也许更加合适，也与作者其他作品的书名译名更协调，可以互相呼应。

胡小跃

在喧嚣的世界里，

坚持以匠人心态认认真真打磨每一本书，

坚持为读者提供

有用、有趣、有品位、有价值的阅读。

愿我们在阅读中相知相遇，在阅读中成长蜕变！

好读，只为优质阅读。

另一个女孩

策划出品：好读文化	监　　制：姚常伟
责任编辑：龚　将	产品经理：姜晴川
装帧设计：陈绮清	内文制作：鸣阅空间

图书在版编目（CIP）数据

另一个女孩 / （法）安妮·埃尔诺著；胡小跃译
. —北京：北京联合出版公司，2023.9
　　ISBN 978-7-5596-7128-8

Ⅰ. ①另… Ⅱ. ①安…②胡… Ⅲ. ①自传体小说—
法国—现代 Ⅳ. ①I565.45

中国国家版本馆CIP数据核字（2023）第122396号

L'autre fille by Annie Ernaux
© NIL / Robert Laffont, Paris, 2011, 2022
Current Chinese translation rights arranged through Divas International, Paris
巴黎迪法国际版权代理
北京市版权局著作权合同登记　图字：01-2023-3209

另一个女孩

作　　者：［法］安妮·埃尔诺
译　　者：胡小跃
出 品 人：赵红仕
责任编辑：龚　将

- -

北京联合出版公司出版
（北京市西城区德外大街83号楼9层　100088）
北京联合天畅文化传播公司发行
北京美图印务有限公司印刷　新华书店经销
字数40千字　787毫米×1092毫米　1 / 32　3.25印张
2023年9月第1版　2023年9月第1次印刷
ISBN 978-7-5596-7128-8
定价：48.00元